不寻常的时刻

唐烈 —— 著

国际文化出版公司
· 北京 ·

图书在版编目（CIP）数据

不寻常的时刻 / 唐烈著. -- 北京：国际文化出版公司，2023.11
 ISBN 978-7-5125-1584-0

Ⅰ. ①不… Ⅱ. ①唐… Ⅲ. ①诗集-中国-当代 Ⅳ. ① I227

中国国家版本馆 CIP 数据核字 (2023) 第 196489 号

不寻常的时刻

作　　者	唐烈
摄　　影	王凤波
责任编辑	戴婕
选题策划	彭明榜
出版发行	国际文化出版公司
经　　销	全国新华书店
印　　刷	北京精彩世纪印刷科技有限公司
开　　本	710 毫米 ×1000 毫米　　32 开 4.75 印张　　　　　　　93 千字
版　　次	2023 年 11 月第 1 版 2023 年 11 月第 1 次印刷
书　　号	ISBN 978-7-5125-1584-0
定　　价	68.00 元

国际文化出版公司
北京朝阳区东土城路乙 9 号　邮编：100013
总编室：（010）64270995　　传真：（010）64270995
销售热线：（010）64271187
传真：（010）64271187-800
E-mail：icpc@95777.sina.net

唐烈

著有诗集《阳光照进根的冷》。
现居柏林。

自序

今年在俄罗斯，天蓝色降临到我。那是我第一次和天蓝色产生联系。最近在德国，我明白了一种菊花的蓝色，它没有名字，矢车菊的蓝色。现在我再也不会在这些颜色前不知所措，再也不会混淆这些颜色了，因为我深刻地理解了它的唯一性，以及它和谁可以对话。你知道这是很难得到的体验。我把它们称之为不寻常的时刻。

2019年以来，这种不寻常的时刻频繁地到来，使我明白许多东西原有的意思。从东边到西边，或者从西边到东边，人们都感受到了一个漫长和剧烈的变化。在2021年疫情之中，一群中国女人在柏林开始线上的诗歌朗读，那似乎是我们唯一可以抓住的东西，它可保我们获得内心的平安，相互在诗歌里倾诉和聆听，这使我切身体会到了我们的民族性。我们是几千年来从未与诗歌断开联系的民族，也从未与几千年来的诗歌断开过联系。纯然一个诗的国度。

由于我们历史上对其他民族没有过侵略和殖民的罪，由于我们民族的无罪，我们可以尽情写诗而不会受到谴责。

在这不同寻常的时刻，许多东西停止了，有了时间，许多新的空间也诞生了，比如王凤波老师的摄影。2020年以来我开始关注他的微信朋友圈，因为他在那段时间展示了大量精美绝伦的摄影作品。与那些真诚的作品对话真是一件美丽的事。它延展了我们当时狭窄异常的活动空间，当时的柏林在一段时间内出门是受到限制的。但他没有停下摄影的脚步。他的艺术和孤独升华了我们朝夕相处的困惑生活。那就是艺术的拯救力，它同样带着诗性。他的摄影，与我的语言不谋而合。他的作品独立于我的文字，影像与文字相互交谈，理解和补充。为那些不同寻常的时刻叙述永恒。我们有这个能力和权利，因为我们是人。在我们面前，历史并不会那么容易消逝。

谨以此书献给我们并没有离去的青春时期的人性土壤，它是我们的生命基础和积累，也是我们与迄今为止的人类历史文明交流的唯一途径。

唐烈

2023年5月15日

目
录

白马 / 002

风之居所 / 006

青春没有离开我 / 010

愈合 / 012

柏林十字山 / 014

电影 / 017

白湖 / 020

弗里德里希大街 / 024

格利茨 / 028

柏林之夜 / 032

海上月下 / 033

一个我根本不能证明它存在的群岛 / 034

无量山 / 037

枝 / 040

字 / 042

密修 / 044

在爱里 / 046

海上槎 / 048

观不见 / 049

具体的怀抱 / 052

我经过的西南村落 / 056

柏林 / 057

往日 / 059

烛光下的居民 / 064

所有的疏离都将流向目光 / 066

过年 / 070

春风吹来 / 072

乡 / 076

绿 / 077

我见你灵魂低回 / 080

二十年前 / 083

"大可不必如此" / 085

记忆之城 / 092

松香雾夜 / 098

约克戴尔的非洲小姐 / 100

多伦多码头 / 101

魁北克一日天堂 / 104

缄默的雪白 / 108

伊顿中心旁的教堂 / 114

复活 / 115

清明 / 118

表姐旧了 / 119

螳螂 / 122

时间 / 123

宫 / 124

附：译戈特弗里德·贝恩诗七首

耶拿 / 128

瞧这些星星，利爪 / 130

一个男人说 / 136

如此安静 / 137

不会更寂寞了 / 138

世上只有两件事 / 139

循环 / 140

白马

十月
早寒
雾中
希拉穆仁女孩清唱
黄色之河

河已枯萎
生命
在歌里

我的白马要奔腾
那一刻我害怕得
拉回它的头
看别人策马扬鞭
踏起猛尘促我们返回

我落荒而逃的早晨啊
多么清凉的空气

我的白马

轻轻踱步

败回的路又真又长又孤独

无人不问我们为甚不奔

马倌每次都指着我说

"因为这个女的害怕"

我的马儿昂着头

它是一匹多么好胜的马呀

但它屈服于一颗

害怕的心

风之居所

风是黄土的动脉
风是牛羊的去向
风是高原的从古至今
风是沙漠上秋紫樱的主人

你
是黄土的孩子
你喂你的孩子们乳汁作物和歌
而你满胸充盈着
乌黑广阔的精气神
总有一道金色溪流
经过世代
通向再次消失和寻找

你们继承了风的骨头
如先辈在尘海中
向着远方和天空
打探风的居所

你们是风的黔首苍生

呼麦回答你们的天地牛羊

风是黄土之母　风是沙漠之母　风是草原之母……

风来时

草儿跪下

牛羊驻足

树儿听从

长调歌声弯弯曲曲

人在犹犹豫豫间担下了信念

青春没有离开我

驶过树林

日头直射

我突然

什么也看不见了

看不见你

及你理想消散后的忧伤

你的阴影

世界的痛

被光芒顿时治愈了

我在去往北方森林的列车上

度过我漫长的青春

纪念那些一去不返的人

愈合

我猜爱情是在一个地方
在那里你的白天和我的夜晚愈合了
如山和海
春和秋

而非欲望每一秒钟都走向枯萎
爱情是真理之外的自由之物
它说自己的语言
它会疼痛
但总是寻求愈合

我想起有一次你说
你的左边还是白天
右边已入夜
太阳挂在中间像个草莓

你的说法都如童话
但我相信

童话都是真的

上天总助孩子在桃红柳碧中渡过难关
你的脸在这一刻又老了万分之一

我听法师唱缘悲经
樱花和雪粒一起落下

柏林十字山

1.

她的头发被剪去了一侧
那不是被潮流革命了
而是被"意识形态"了
她夜间照常要与孩子的吵闹斗争
一名缺乏睡眠的战士
得紧跟流行发式

2.

迎面走来一个男人
他小声倾诉他的贫穷
声音小得
——已无所谓是否被听见
我如往常没给他投下一个硬币
他说"祝你今天过得好"

初来时
我为这些礼貌所感动
被那样轻声求而不得后的坚持祝福所触动

3.

众生走过
带孩子的年轻女人们经过
值得庆幸的是生育在这里还不成问题

"我是一个不能生育的老女人了"
她迟疑了一会儿,
"但我丈夫爱我。"
那是一个没有绝对诉苦的女人在和闺蜜谈天

4.

周日早上
太阳守着"柠檬"咖啡馆
被疫情隔绝了几个月的餐馆重新开张
阳光洒向彩色的早餐

在这个片区乞讨的玛可走过
一个轻得不能再轻的声音,是他的声音:
"有没有几个钢镚儿?"

满身黑纹的光头男人热情地回答:
"早上好啊,玛可!好久不见,你还好吗?"
那亲热劲儿
令玛可无地自容
这阵子对他来说真是数九寒冬
男人说:"这是我儿子。"
年轻人伸出了手
玛可只好也伸出他满是油污的手

男人一边问着:"你最近好吗?"
一边搜着身上的零钱
玛可谦卑地立在一旁等着钢镚儿

电影

当金巴摇摇欲倒的卡车跋涉在荒芜的高原
他喝着酒抽着纸烟,听着帕瓦罗蒂的歌
色彩、远方与雪域的孤独交织出了一个新的空间……
那就是电影
我咧嘴笑,黑暗里藏着洁白

喜欢电影
那儿每个人都情深似海
正如一种社会主义的氛围

如果人将情感作为圣物
人生像电影
多圣洁!

白湖

一个天阴的周四
我们去白湖看了场电影
上次是疫情前的夏天
仅仅几月,恍如隔世

主持人自语般冷冷道来
"这是一部民主德国时期的那种厚的片子,我希望它能正常播放。"
观众笑起来了

天下了几滴雨
主持人说如果下雨他这里有几把伞
观众又笑起来了
他说:"这特殊的时期……"
有点悲伤,
"我希望天足够黑,让人能看得清电影。"

这是一场民主德国制作的电影

这些观众是那时期的老居民

今夜他们来到这里回忆对岸上

已经消失的青春江湖

喂！别啰啰嗦嗦

过去的就让它过去吧

人啊

你不可回头

可是人啊

世上只有你能反省

而且人走快了就会激动地像蜡烛燃烧起来

当脚变成灰已经太晚

弗里德里希大街

所有的剧院关闭了

人民退场

布莱希特

黑格尔

费希特

长眠的墓园被那样紧锁

阳光一如往常

天还会下雨

可天仿佛空了

像搬家后的天花板一样颓丧

该如何呼喊

该如何舞蹈

世界才能活过来

历史停止于此

"爱因斯坦咖啡"空前冷清

当墓园再次开放

我们去那里守候

大人物们请放下你们的永生

出来救救这儿

那是布莱希特和他妻子的墓地

他们在故居隔壁相伴而眠

那是托马斯·曼的哥哥，和托马斯·曼吵架的海因里希·曼

你相信家庭吗

你相信和你吵架的人是你的反面吗

年轻的人啊黑格尔就在那边

你看

已经有一对儿情侣在那儿行礼

他们脸上同时洋溢着满足的微笑和旅行的疲惫

他们卸下双肩包

捧上手中的鲜花

为了不多打扰黑格尔

又走向了别人的坟——

费希特……

他们低下头

一遍遍行礼

而我

要狠狠告状

向这些掌管钥匙的人哀告

醒来吧,大人物们!

起来管管这个世界

你们创下的文明将会湮灭

我们是些悲观的人

因为我们生而悲观

然而我们用你们生好的火炉子取暖

我们的青春是乞讨的青春

如今前途也没有变得更好

反而走上了循规蹈矩的老路

格利茨

太阳要落山了
我们记起格利茨有一道曙光

火车通向格利茨
森林
在雅各布·波墨的吸引力下延绵展开
童话在雅各布的守护之下温柔流传

我们戴着口罩来到格利茨
眼睛不再说话
这其实很不礼貌

我坐在清冷的广场
呼唤波墨的历史
阳光洒向我的桌
钟声四起

这钟

敲在人心上

只有人

可以听见

有人喊:"来太阳下面。"

太阳正在和我们道别

有人说:有些星星

其实早已不在那里。

我在太阳下感到彻底的幸福

风吹来夜的纯净

人,作为宇宙的眼睛

要看见宇宙

柏林之夜

当剧院关闭之后
街上到处是戏剧

他的笑声带着线条
这些线条伸向一幕幕往日时光

美丽世界结束了
而你们
还在欢乐
竟不知悲伤

太阳西沉
红回到红
蓝回到蓝
山归山
水归水

海上月下

我们习惯只是精神相见
听神经的震触声
诚实的音色

而神,经过我们
海上月下
心如明镜你我
彼此相照

我们开始服从月亮
万古月光
我们青春已逝
却向爱情靠岸

一个我根本不能证明它存在的群岛

我在酷暑的石缝间试着冬眠

水是黑土的母亲

我是黑土的孩子

太阳是红土的母亲

我是被晒得斑驳的孩子

"那是一件卖弄风情的作品"

蝉的鸣唱声乌云般压过来

那些融入过我生命的人我如今竟无法谈起

我却也融不进欧洲的生命

谁小时候没有与辣椒搏斗过

谁年轻时

没有与古典世界斗争过

蝉的鸣唱压过来

海水漂白着我的毛细血管

我的细胞回到水里

我抵抗着妈妈

在岸上喊我的最后一声

蝉的鸣声压过来

玫瑰发出巨大的光芒叫我
我向未知世界多方打听它的地点
那光的亮度却覆盖了时间和空间
"和妈妈在一起就是世外桃源"
蝉叫声压来
"有些人从未死去也从未来过
就像贾宝玉和林黛玉"

无量山

我在西南
度过我所有的空白

空白堆积如山
我坐在无量山
见一朵大云
一界荒白

花了不少年
我填这些白

有一天
我突然想起我那一山空白
那原是
我生命里最初的光

姚骐 / 绘

枝

那些杨枝，怎样刻画天空
在曙光中
放释风姿

上苍让我们看树影在风中光荣晃动
在风里
那就是自由吗

自由即在器皿中
形器之外乃虚无

字

海里

数不清的字向着

某个熟悉的死寂的地方游去

像无数星星

对黑暗张开怀抱

它们是历经撞裂而活下来的秘密

那一树的字

密修

万物似哀伤
山谷也寂静

几许秋风
万古山海

在爱里

在爱里
我是婴儿
吮吸山气
海气
松露
吮吸一切从地极发出的声音

海上槎

海上一薄槎
以年计光阴

海风燃
歌声没
时光被吹斜
生命
被掀得晃荡

薄槎漂
海道天河间

观不见

我无知那时

他的深情

已是座山

年轻时

初相识

那个下午

一晃十年

生活是一条河

融合我们又隔开我们

一切分离都拦不住

草木荣落往复

他从远处看我

沉沉的炊烟

具体的怀抱

一

我在柏林西郊的朋友那儿
吃过没掺漂白粉的白菜肉馅包
馅里还拌了粉丝和酱油

我欢天喜地将它带回市中心的"美丽"大街
第二天
怀着仪式感加热了它

二

我的包子又丑又皱
但具体得无与伦比

房东十岁的儿子 K 走过
慢慢靠近我的包子
小心翼翼啃了一口,又警惕地跑开

他四岁的弟弟过来咬了一口,他妈妈过来咬了一口 …

我的包子很皱很丑
在异国
它向我张开了具体的怀抱

三

我吃着刘姐做的包子
她在这儿已七年
丈夫和孩子
在东北

柏林的风
吹走她的乡事

柏林的雪
模糊了她的乡景

我经过的西南村落

如果我肯闭上眼睛
青色的十七岁我途经的
那些村庄
必将经过我

在严肃没有玩笑声的云雾中
树
尽情吐露着它的绿
那些一直不眠的绿
一如东南亚
不见阳光

柏林

她老得珍奇

纯银的发髻

铁一般

映着天光

一丛丛皱纹

从灰白缜密的粉妆中

生出石头般的纹路

一丝不苟

要美又毫不停歇地

对美丽加以纠正

紧闭的唇

似中世纪

一扇红门

旧黑裙

长如整冬

她那著名的"慢摇摇"

使那奔波的人们惊叹穿梭

往日

一如绿缎
铺过古堡
施普雷河的水
缓缓行进

稍停片刻
即成明镜
照一照
树的绿妆

雨点偶尔
零星碎语
点点波澜
又平了踪迹

施普雷河的落叶
缓缓归去

烛光下的居民

中国妻子静静点燃了奶白的蜡烛
那一刻
整个房间被烛光统一了
人
跟着烛光呼吸

蜡烛在圣诞的夜气中燃着
中国丈夫突然说德意志精神是:
"光从天上打下来
直接照射着整个议会大厦"

静静的圣诞夜
只听见蜡烛在呼吸

这种新出产的蜡烛没有味道
也不会流泪

他们说

这种蜡烛

更科学

所有的疏离都将流向目光

我看不见你的脸
你究竟扑了多少粉

你不懂我的语言
我们的时间就这么
在光下流失
年龄的光芒像微醺的醉光

我用阴阳八卦来预测我们的运动
有人不屑

你扑了太多的粉
我看不清你
及你那不复存在,而又每天被人们寻迹的墙
你的宫殿和甜点

有个行吟歌手在夜幕下
扛着一把伞低声吟唱"哈利路亚"

加拿大的科恩写的《哈利路亚》
像轻风拂过柏林博物馆岛
不远处,重建的阿德隆饭店华色隐约

我不知为什么上次会在这里呼唤自由
我并没有遗落什么自由

我将为你带来我的目光
我的目光
是我最清晰的部分
所有的疏离
都将流向目光

过年

国家投下的烟花
染绿了那些夜行的人
人一会儿紫了,红了
又绿了………
这使他们像忽然置身于
一部老式着色片那样
披着一身颜色缓慢地找到家门
这是少数一些保守的性情中人了
他们醉得够呛了
像部彩色的慢动作片
而时间便趁机快进了

春风吹来

解封后几个团聚的夜晚

流光划过黑暗

和老太婆玛雅

面对面一解离愁

老天给我们时间

尽情讲述往事

多么幸福!

我听她八十岁的青春往事

与那个深藏其中的女孩握手

她像我一个朋友

我的青春时代

总有那样一位女友

随着长大我弄丢了她们

你所来自的草地

正是她所浇灌

那儿正是她的痛苦和强壮所在

她像一股不老泉
沿着她的河流
你活下去

雪片无声飘下
深夜窗外忽全白了
可爱的树枝已告诉我春风的味道

乡

在仅有的半杯牛奶里,我加了咖啡和"糖"
喝了一口,一举成咸,是我错
把盐当成了糖。

没法喝了。我单单咀嚼着
妈妈寄来的玫瑰饼。

把花香咽进肚里吧
那是花儿梦见土壤的味道。

绿

你好啊,树

你好,林间的阳光

你好,空气

以我之年纪可知那

只是童年自由的空气

谁一句

"Hallo und Tschüss" ①

"你好和再见"

问好且道别

从林中一众少年里

轻轻发出

---

① 德语,你好和再见。

我见你灵魂低回

世上有一朵玫瑰死了
风吹来
她的死讯
一连几周
往事萦回

悔那个冬夜
路过她的窗下
没有去敲一敲

她是一朵玫瑰
常溢出血红的深情
她说自己纵然戒不了痴
而一旦情断便不再回头

今夜你将何处隐身
该祝你回归了大地
我知你定舍不下

你的绫罗珠光
你曾那么要美

我望向一去不返的大漠往事
相知后的散场一言难尽

不曾想到
你是如此巨大的存在
我每回一下头都疼痛难言

我知你的灵是多么精怪难处
你一定有办法忘记你的居宅

二十年前

你切着盘子里的烤肉计算作品受众的面积
以证明市场说了算
这你十年前已经说过

你往嘴里送了一块烤肉
我终于有时间提醒你
要与数据保持距离
因为它
也不是很准

你说你只在乎
当这个世界狂躁时
为它明确地打上一针
绝不古典

我吹动手中滚烫的咖啡
算着从你掌管的面积下如何逃跑
各人一块蛋糕是唯一和平的事

我忽然想喊出二十年前

在那懵懂的年代

我俩认识那样一个湖边的女孩的名字

"大可不必如此"

一

没有人愿意这样,但它就是发生了。
她那庄严的周五晚上7点……
7：10……7：15……7：20……7：22……
他迟到地从地铁里冒着汗出来了,
已经错过了什么?
"你今天穿得美"……
是的,她今天穿了外婆的猩红羊毛衫,
领上镶着繁星般的白贝壳片,
可她这朵庄严的花朵已被怒气揉碎,
已被揉碎。

错过了悠闲。
只能跑着经过这条设计感的长廊,
据说它是这个建筑最有趣的部分。

二

本该如此：
准时 7：00 庄严地漫步在此。
顶上是在水光中的蓝天，
透过玻璃又一轮的折射。

而眼下两人却已汗流浃背，
如此狼狈。
台上的小提琴师向观众行了一个节制的点头礼，
橘色灯光已经收拢。

三

以下是中场休息：
"你的手机为什么无法接通？"
"我在地铁上呢！"
"难道不能早点儿出来吗？"
"不知道。"
"我们不该这么狼狈。这不是你也期待的音乐会吗？"

他受到了难以忍受的压迫。

"闭嘴。"

他说出了一个休止符。

她弹簧般跳离了座位。

灯光已经暗下。

他听见自己一声号叫。

像一头愤怒的狮子发出伟大咆哮,

划向大剧院的上空。

但其实,

他是那样安静,屈辱地跑离音乐厅的,

他就这样错过了他等待已久的音乐会。

四

下一个乐章开始,

乐句如同一支支箭,

准确射向她的神经,

她很快投入到了乐曲中,

格什温的《大可不必如此》……

那样轻盈地开着玩笑

他
没有彻底离开，
只是靠在大剧院的水池边，
静静抽烟
对着长廊顶上。
满池的黑漆。

五

乐章之间
小提琴家让他的弓子极其小心地
停在半空，
像写一个字的顿笔，
那被认真谱写的安静
让人热烈地鼓了掌。
音乐家没有生气。

他想起
已经听说的：

这个国家的人太热情了,

极有可能在乐章中段鼓掌。

她,沉浸在格什温的"我把握住了节奏"里

忘了他已经走了,

甚至也忘了他的迟到。

他,就在那儿,

水边待着,

认真抽烟。

舞台上加演着格什温的"大可不必如此"

六

退场的人群一潮一潮,

像拥挤在一个"沙滩"上,

意犹未尽……

他找那些贝壳的光,

外婆毛衣上的那一点点光,

他和她

在水边僵持了一会儿。

在黑暗中互相仇视了一会儿,

那些贝壳像星星

出乎意料地,静静闪烁它的柔白。

相信吗?那些光从不带来时间感。

记忆之城

记得那个春天
学校后面的清真寺,
不断传来诵经声。
马媛,六岁的马媛和我
一起探索附近每个角落。

我们常去看牛呜咽。
牛比我们先知道它就要被宰,
我们只是好奇不知悲伤地看。

我们歌唱着送走一拨拨新兵,
他们也兴高采烈地唱着歌,
坐上卡车挥手远去……

英雄回来时全城肃静,
只是缺失的部分在说话,
墨镜后面目光不再。
哀乐声中,

信天游突然吼了起来,
然后是《八七狂热》《一无所有》《跟着感觉走》……
理查德·克莱德曼弹的《致爱丽丝》,《蓝色狂想曲》、
《河东好莱坞》、包娜娜、龙飘飘……
众声喧哗而至。

春天里最昏暗的日子,
四合院里的人们突然停下脚步。
独居的老奶奶去世了,
我和马媛练习说"去世",
练习着对死亡心生敬意

奶奶被装进木棺材,
停在过堂里三天三夜,

早晨好似夜晚般沉寂,
大人们轻轻推着自行车经过棺材,
小孩贴着棺材听里面,
还等着
奶奶醒来给我们讲故事。
死亡究竟
是怎么回事?

死亡离我们很远很远。
我们以为供香升起的方向即"死亡"之所在,
死亡谜一般盘旋在上空。

马媛,那个小马媛,
她现在在哪?我想念她!
四十年来我们再无重逢

那时我们的时间还够进入一个个故事,
英雄的故事,
小人物的故事。
进入一曲曲歌,
一朵朵花。
我们研究每一种花的蕊、茸毛和蜜的味道。
我们也不停地唱歌跳舞。

松香雾夜

我从哈巴罗夫斯克、布拉戈维申斯克、怀特霍斯、耶洛奈夫、汤
　普森⋯⋯⋯⋯
飞到另一个阳刚陌生的白天。
不知为何
空中的机舱内仍弥漫着前夜
雾中的松香味。
那是一股前途未卜的味道。

北京下了天大的雨，
你说那像是天在哭，
我在雨前飞向了多伦多。
在机场我发了一丛玫瑰给你。
虚拟的玫瑰，
治万水千山离愁。

到达多伦多时是我的下午，你的凌晨。
我和你
暂时失去了联系。

约克戴尔的非洲小姐

偏见认为
她们本该愁眉苦脸

而约克戴尔的非洲小姐
似缕缕黑雾
摇曳生烟

没人能看清她们
谜一样美貌

听说她们就是这儿的
对非洲竟是一无所知

多伦多码头

湖水淡蓝闪烁。
在湖边待上一个昏蒙干净的中午,
多伦多码头飘荡着杂音,
多伦多码头,
人们皱着眉,
找手机信号,
而你我之间,
相思随风。

魁北克一日天堂

我像筷子一样插进 Fairmont 古堡的床
醒来时金色已洒满魁北克城

外面街上
是卖艺者的天堂,
他们营造了一个欢腾的城邦
轮番上演固定节目
我敢肯定在这里待上三天就已足够
在魁北克老城待上一天
是忘忧的天堂和福报

当地人和游客彼此之间
永远是新鲜的欢乐

当地人看游客
游客也看他们

我们无法知道哪家餐馆好

找一个淡菊盛开的窗户

哦,我们对法文菜单一无所知,

旁边有对老夫妇吃着星期六的午饭

相视不语

直到我们说话

老先生才怯怯低语

老先生突然转身对我们说"你好"

那边萨克斯风吹来

中国的"小城故事多"

孔子的风吹来

缄默的雪白

远离各式辩论

青年!

我们无须谈论任何古典!

我看见你临摹的人像。

你年轻到还不知怎么画手

我知道你为什么放弃那些练习曲,

只戴着耳机听自己乱弹。

用乱弹琴消磨掉你的愿望。

我因看到一些愿望的流失悲伤不已。

你房里明明摆着一本《世界艺术史》,

它在那儿是一件不诚实的装饰品。

你将永远只剩下笑了,

你将永远只是急着弹一首

无法被听见的曲子,

它是你

对这个世界急中生智的谄媚。

"美丽！美！"
你对我正听着的老琴曲说。

此时我看见多伦多雪片飘旋，
并在烈日半空化为乌有。
滚烫的路面上，
步履匆匆。
缎面裙摆下，
脚踝若隐若现
柔软的莎莉拖在地上。
天上种着一朵一朵肥云。
太阳好得让人要躲。

伊顿中心旁的教堂

亚洲女孩汗如雨下
在炎热的空气中拉奏巴赫,
几个流浪汉和旅行者就地熟睡。
唯有在这儿,
他们不受惊扰,
路人亦放慢了脚步。

有个黑肤色的男孩在听
一个人的音乐会,
他聆听一会儿自语一会儿,
打一会儿盹,
享受他的礼拜天。

主的声音很难被辨认,
好在有一把提琴。

复活

六岁女儿在草地上叨叨……
"如果我光着脚在草地上走,
我的脚一定会被染成绿色吧,
一定会被染上草的味道吧
就这么走啊走　我会不会变成小草?"
我读过的那些清风一般的诗句
在草地上
旋转起来了

清明

我慢慢
慢慢地走近你
故乡的红土

云还是云色风还是那个味
少时父亲引见的诗句
一句句浮现

如今父亲成了一块石头
坚硬而永在

诗句从远方赶来
新鲜迷惘
四月我们可以尽情悲伤

表姐旧了

三十九岁的我　在翠湖边　遇见了十岁的我

十岁的我　穿着新衣

等着和小燕和小静　去过节

两个表姐　站在街对面

阳光照着岁月

在他们身上积起的

厚厚灰尘

螳螂

一只螳螂跳进我家
吓着了我六岁的女儿
它以一蹦一跳的姿势
侵略了我们的生活　它
成为一系列恐怖片段
几天后它趴在椅子下面
不再动弹
绿色的身
被死亡放大
我宣布"它死了"
她才慢慢走近了它

时间

牵牛花瘪了
树叶垂下了
太阳打算抽走一切
凉气顺着脚跟爬上来
我的笑不再整齐
又热又困
还没笑够
我打算高高兴兴地结束
和他们过的家家
可有什么在步步逼近
那是远处我妈唤我的声音
刚才还和我疯的小红小兰
都不见了
大地上
夕阳照出我六岁的影

宫

城市高架桥旁

宫殿正在醒来，

三百年，十万个夜晚

每天早晨

它和一波波新厦

同时醒来

这里如今是座寺院。

近旁的高架桥通向机场。

而那儿更像一个宫殿，

人们在高顶之下准备飞行。

飞行总是令人骄傲的。

旅客的眼睛已经投向前方，

商业的骄傲笼罩着那高顶之宫。

到达的人总是疲惫和谦卑的。

人寻归途，

夜色透明起来，
黄昏即将模糊。
2019 年结束了

附：译戈特弗里德·贝恩诗七首

耶拿①

戈特弗里德·贝恩

唐烈 译

"耶拿就在我们前面秀丽的山谷中。"
那是我母亲在一次旅行中写在萨勒河岸一张明信片上的话,
那个夏天她在 Kösen② 做疗养;
如今这一切早已被遗忘,祖先的生命之火不再燃烧,
甚至她的笔迹,她的笔相也都熄灭了,
经过那些青葱岁月,充满遐想的年代,
这句话我从未忘记。

那不是一张著名照片,一点儿不讲究,
所谓"秀丽"只见极少植物绽放,
劣质的纸,不是含木浆的批量生产,
山脉也无绿色藤蔓。
然而人们从农村来,从茅屋来,
对于他们来说,这大概就是山谷的秀丽漂亮,
他们要的不是彩色印刷,不是手工纸,

却相信，更多的人能看到照片上这美景。

那大概是一句从很高的瞭望台上说出的话，
一个惊呼指引着她的手，
她向服务员要了这张卡片，
照片上的风景触动了她，
然而——如上所说——祖母的生命之火已熄灭，
所有人都一样，他亦如此，
以及那些——经过成长和胡思乱想——
如今在山谷里看城市的人。

---

① 耶拿，是德国图宾根州的第三大城市。1230年建市。18世纪耶拿是德国的知识中心。歌德称之为：集聚了德国几乎所有的地位和荣耀。黑格尔、费希特和谢林，还有席勒和施雷格尔兄弟都曾在此任教。1846年卡尔·蔡司在耶拿建立了自己的精密光学器械作坊，如今耶拿以蔡司镜头声名远播。
② Kösen，西德的一个疗养城市。

瞧这些星星，利爪

戈特弗里德·贝恩①

唐烈　译

瞧这些星星，这光的利爪②，
瞧天空和海，
何种牧歌吟唱着，
渐渐将他们驱赶至此，
你也呼唤过这些声音③，
并思考着你过往的一切④，
跟着朝下的夜的使者
走向沉默的阶梯⑤。

假如你已清空神话⑥和语录，
你应当能够行走，
你将不再看见一个新的神的队列。
看不到他们的幼发拉底河宝座⑦，
看不到他们的文字和墙壁——
浇吧，密耳弥冬人⑧，

把深色的葡萄酒浇到大地上。

无论怎么称呼这些时辰,
它都是"存在"之痛苦和眼泪,
一切在消逝中盛开着,
这些过夜的葡萄酒,
沉默地流向世代,
岸上几乎没有一块地方还能还给夜的使者以冠冕,
梦和众神。

① 戈德弗里德·贝恩（Gottfried Benn，1886—1965），德国表现主义作家、诗人。贝恩早期用表现主义手法写出的作品，描写了知识分子的孤独和恐惧心理，表达了对世界的憎恶和绝望情绪。

② 原文：Fänge 是一个旧词，用以讲述罗网，比如：命运的罗网。Fänge 来自动词 fangen，捕捉。

③ "du auch, die Stimmen gerufen und deinen Kreis durchdacht" 中的 "du auch" 指的是 "抒情我" 跟牧歌之间的联系，"抒情我" 甚至呼唤了它。

④ 这里原文 "Deinen Kreis" 译作 "过往的一切"，指的是："抒情我" 的生活范围，在这范围里已经设想着去跟随夜的使者。"der Kreis" 是抒情我的生活范围，也是他的不可逃避的命运，任务、义务、才能、天赋。

⑤ 沉默的阶梯指的是 "直觉" 的特别角色，跟着他自己的命运，"抒情我" 向着地狱走下去，不是向着上面，而是朝着下面，如同进入神的罗网。重要的是，贝恩说的不是一个神，而是古希腊的众神。对于基督教来说，古希腊神是自然神，从基督教的角度，他们本来是邪神。所以 "抒情我" 如同走向了地狱。"抒情我" 跟着使者，使者这个词要么是邮差要么是众神的信使。这里应该是指众神的使者。

⑥ 关于神话传说，在多神教的叙述中，神话的意思也是命运之权。神话发生于没有出路的情况下。教派相信神话和关押他们的权力。神话是针对于自由的。在神话里一切都是陷入绝境的，所有都是相互依赖的。比如孩子应承担父母的罪过。

⑦ 贝恩创造了这个词，幼发拉底河在文化史上非常重要。从某种意义上讲，那儿是欧洲文明重要的起始点之一。"宝座" 是国王的椅子。贝恩把 "幼发

拉底河"与"宝座"两个词结合,成为一个新词。贝恩想说的可能是,人只有一次灵感,没有第二次。幼发拉底河宝座是"理智"的同义词。

⑧ 密耳弥冬人:在荷马的《伊利亚特》中,在珀琉斯的儿子阿喀琉斯的领导下,这支密耳弥冬人的小军队把特洛伊人包围了,而且通过绝对的服从和英勇以及卓越的战斗力制胜。他们穿着黑色的盔甲,手持黑色盾牌,在特洛伊灭亡中扮演了一个决定性的角色。战后,奈奥普托勒姆斯——珀琉斯的舅舅——把密耳弥冬人带回了故乡。

一个男人说

戈特弗里德·贝恩

唐烈 译

这儿有的不是安慰,土地
也是从它自己的高烧中醒来的。
没几枝天竺葵还鲜艳。
大地如兵荒马乱后。
我听着我血液的涌动。
瞧,我的双眼已在尽饮远山的青蓝。
它已接近我的太阳穴。

如此安静

戈特弗里德·贝恩

唐烈　译

它将群鸟，遥遥迁徙般的，
静静地，放进芸芸众生
放在它们的枝叉上：
如此安静即无垠。

而且这也不是无情无义的！
他们织网，沙沙纺织，
然后拉刻西斯和克洛托交换着
裙子和羊毛层。

无论它醒来，睡着，
也无论它向人展露它的形状和距离：
在万物中，在黑暗中，
它是众神，陌生和深邃。

不会更寂寞了

戈特弗里德·贝恩

唐烈　译

不会比八月更寂寞了：
满足的时刻——在红色和金色的燃烧地带
但哪儿是你的园林乐趣？

湖水澈亮，天空温柔，
田野纯净，悄悄地闪光，
而你所代表的帝国的胜利和胜利的证据在哪儿呢？

哪儿通过幸福证明了自己
哪儿在红酒的香气中交换了目光和戒指？——
你服务于反对幸福和魔鬼吗。

1936

世上只有两件事

戈特弗里德·贝恩

唐烈　译

走过了那么多的形式，
经过我，我们和你，
经过这永恒的问题：为了什么？

这像一个孩子提出的问题。
直到很晚，你才意识到，
只有一件事：忍受
——是否有意义，是否上瘾，是否说出——
你从远方认定的事情：你必须。

是不是玫瑰，雪，是不是大海，
所有的绽放，凋零，
只有两样东西：空性
和命中注定的自己

1953

循环

戈特弗里德·贝恩

唐烈　译

一颗妓女的孤零零的臼齿，
她死得不明不白，
金牙填充物还在。
而那些牙如同悄然赴约似的不见了。
殡葬人员敲出这颗金牙，
典当了它跳舞去了。
然后，他说，
属于地上的应该回到地上。

1912